© Un díA sin ti

Autor: Nelson Bustamante

 @nelsonbus

Editora en jefe: Andrea Vivas Ross.

Directora de arte: Raquel Colmenares Ross.

Diseño gráfico y maquetación: Luis Ortega @luigio_art

Corrección de texto: Andrea Vivas Ross.

Asistencia de corrección: Ana Karina Monrro.

Ilustraciones: IA

Casa Editorial: Paquidermo Libros @paquidermolibros

 paquidermolibros@gmail.com

Primera edición: octubre, 2025.
Miami, EE.UU.

ISBN: 978-0-9995523-3-9

Un dÍA sin ti

NELSON BUSTAMANTE

"Hola, ¿me puedes ayudar a escribir un cuento?".

Todavía no se sabe si está dormido.

O si solo está cerrado al mundo.

No hay palabras aún. Solo respiración y silencio.

Lo único que se ve es una luz violeta, fría, pequeña.

Parpadea desde una pantalla encendida, constante, como si supiera que alguien la necesita.

Con cada destello, ilumina el cuarto, como una linterna de otro mundo.

Es de esas luces que hacen ruido, aunque no suenen.

La habitación no responde. Solo espera.

La pantalla pertenece a un celular.

Está ahí, como siempre, al alcance de una mano pequeña.

No es solo un objeto.

Es su hilo invisible con el mundo.

Un cable que lo mantiene unido a algo (a alguien, en realidad).

Y aunque el resto del cuerpo esté quieto, los pequeños dedos se mueven.

Delgados. Precisos.

Recorren el vidrio, como quien saluda un recuerdo.

Y entonces, teclea una frase:

"Hola, ¿me puedes ayudar a escribir un cuento?".

CAPÍTULO 1

—

El día que todo cambió

—

—Santiago, tenemos que hablar.

La voz de ella suena suave, pero cargada.
Como si llevara muchas horas —o semanas— ensayando esa
frase en su cabeza.

Aprieta las manos al volante.
Los limpiaparabrisas barren la lluvia, con un ritmo terco.
Zac... zac... zac...
Pero el agua cae tan fuerte que parece una cortina viva.

Él no responde. Está en el asiento del copiloto.
Auriculares puestos. Celular en las manos.
Pulgares activos. Ojos fijos. Mundo propio.

—¿Me estás escuchando, Santiago?
—Sí, mamá... —responde molesto, sin levantar la vista.

Ella suelta una mano del volante.
Toma su propio celular.
Mira la pantalla.
Una notificación nueva.
Abre el mensaje.
Lo lee.

"¿Hablaste con él? Si no lo haces tú, lo haré yo. No podemos seguir aplazando esto".

Ella mira el mensaje unos segundos más de lo necesario.
Después, suelta el celular y lo pone boca abajo, en la consola del auto; la pantalla aún encendida.

Suspira.

—Deja ya ese teléfono. ¿Hiciste la tarea? Tenemos que hablar. En serio.
—Sí, mamá, ya la hice —replica el niño—. ¿Para qué tenemos que hablar? Si nadie me oye.

Y entonces...

El sonido.
No llega.
Explota.

Un rugido de metal y vidrio, de goma rota y gasolina cruda.
Todo, al mismo tiempo.
Todo, en un solo segundo que parece no terminar nunca.

Ninguno de los dos se entera, hasta que es demasiado tarde.

El mundo gira.
Una vez.
Dos veces.
Después, el peso del silencio.

El parabrisas se agrieta, simulando la figura de una telaraña
bajo hielo.
Una llanta, arrastrándose por el asfalto, suena como un grito.
La lluvia, brutal y vertical, no da tregua.
Golpea el auto, como si quisiera atravesarlo.
Demasiada agua. Demasiada furia.

Adentro, el caos suspendido parece flotar en cámara lenta:
una botella de agua rodando bajo el asiento; una cartera
abierta; una bufanda suelta, que ondea como una bandera
blanca entre los escombros.

Los limpiaparabrisas siguen moviéndose, testarudos, inútiles.
Zac... zac... zac...
Marcan un ritmo absurdo, como si creyeran que el viaje aún no
ha terminado. Como si el auto no supiera que ya todo está roto.

En el asiento del conductor, ella no se mueve. Su cuerpo,
inerte y vencido, cae hacia un lado. Una mano todavía está
aferrada al volante. La otra, abierta, colgando.

En el suelo, cerca de sus pies, un celular encendido parpadea.
La pantalla no solo brilla, muestra el mensaje. Recién leído.
Aún abierto, esperando respuesta.

Todo lo demás, ha quedado quieto.
La lluvia. Los árboles. El tiempo.
Como si el mundo hubiera contenido el aliento.

Más allá, en el asiento del copiloto, está un niño.
Sentado. O, al menos, lo estaba.
Ahora, su cuerpo ha perdido el equilibrio. Su cabeza reposa
contra la ventanilla, empapada. El cinturón lo sujeta aún, como
si intentara protegerlo.
Sangre detrás de la oreja. Muy poca. Pero suficiente.
No se le ve respirar.

En el piso, entre los asientos, yace otro celular.
La pantalla sigue encendida, ajena al desastre.
Todavía corre un videojuego infantil.

Una melodía simple, alegre, repetitiva, irónica.

Ping. Plim. Ping. Plim.

El videojuego parece no entender lo que acaba de ocurrir en el mundo real.

CAPÍTULO 2

—

¿Dónde
está mi
celular?

—

El mundo no lo despierta.
Lo arrastra de golpe.

Primero, un olor: huele a limpio. Extremadamente limpio.
Ese tipo de limpieza que no se parece a la de casa, sino a algo
que quiere borrar otras cosas más fuertes.
También huele a metal. Y a frío.

Escucha un pitido. Largo. Constante.
Como un hilo invisible atado a su pecho.
Siente algo en el brazo derecho.
Una vía. Una aguja que no duele, pero está ahí.
Como si alguien hubiera querido decirle que su vida depende
de una máquina.

Después, algo que no entiende: una ventana con viejas cortinas.
Una lámpara demasiado blanca, como si el sol se hubiera transformado en alto voltaje.
Una sábana que no se mueve con sus piernas.
El techo no tiene dibujos. Ni grietas. Ni nada que mirar por más de un segundo. Solo una gran superficie blanca, que parece observarlo de vuelta, sin expresión.

Abre totalmente los ojos. Aparentemente, no hay nadie.
Sigue somnoliento.
Efecto de los calmantes, antibióticos y demás medicinas que le han tenido que administrar.
Todo se siente más lento, como si el tiempo se estuviera desperezando junto con él.

No ve que, al fondo, hay una enfermera revisando unas máquinas extrañas.
Anotando cosas en un papel, como si él no existiera.

No sabe qué día es ni en dónde está. Pero algo falta.
Algo importante.

Apenas, mueve la cabeza. No le duele, pero le pesa.
Sus ojos van de un rincón a otro, buscando con la mirada…
como quien ha perdido algo valioso en medio de una mudanza.

Y entonces, sin saludar, sin siquiera decir "hola", exclama:

—¿Dónde está mi celular? ¿Dónde está mi celular? —insiste.

La enfermera lo escucha recién en la segunda vez.
Se gira, sorprendida.

—¿Perdón?
—Mi celular. Tenía... —hace una pausa— tenía...

La frase se le corta. No sabe si decir "un juego", "una historia"
o "una vida".
Solo baja la voz.

Ella no sabe qué contestar. Mira hacia la puerta, como si alguien
fuera a venir con la respuesta correcta. Pero nadie aparece.

—Voy a revisar si lo trajeron con tus cosas, ¿sí?
—No quiero mis cosas. Solo quiero mi celular. Es
importante. Muy importante.

Ella asiente, con una sonrisa fingida.
De esas que quieren consolar, pero se quedan cortas.
Y se va.

Él se queda solo.
El monitor sigue haciendo su ruido de vida.

Bip... bip... bip...

Y entonces, empieza a escuchar los otros sonidos.
Los que siempre estuvieron ahí, pero no había notado antes.

Un carrito, con las ruedas chirriando en el pasillo.
Un ventilador, zumbando desde lo alto.
Alguien tosiendo en otro cuarto.
Pasos apurados, que no vienen por él.
Una voz en un parlante, que dice números y apellidos,
sin emoción.

El cuarto ya no es solo blanco.
Ahora tiene sonido, olor y algo peor: espera.

Él cierra los ojos. No del todo. Solo lo suficiente para
escapar, sin irse.

Recuerda algo. No todo. Solo una luz muy fuerte.
Como un rayo caído del cielo, que partió la vida en dos.

Mientras espera que le traigan su celular, se queda
dormido, de nuevo.

Unos minutos después, la enfermera regresa.
Entra en puntillas, con un papel en la mano y la mirada de
alguien que no está segura de tener buenas noticias.

Se acerca a la cama, con cuidado. Le llama la atención ver que el niño, aun dormido, mueve los dedos.

Lentos. Suaves. Como si jugara con algo que no está ahí.

O como si aún estuviera escribiendo en una pantalla que ya no brilla.

CAPÍTULO 3

—

El
día
siguiente

—

La lluvia no para en toda la noche.
Cae, con fuerza, contra los ventanales del hospital, como si el
cielo intentara lavar lo que ya no se puede arreglar.

El niño todavía duerme.
El hombre entra, con cuidado. No hace ruido.

Está empapado hasta el borde del pantalón, con el rostro pálido, sin afeitar, y los ojos perdidos en un punto, que no está ni en la habitación ni en el tiempo.

Lleva dos teléfonos en la mano.
Uno es pequeño, con la carcasa rayada por el uso, familiar, cercano.
El otro, más grande.

Se detiene junto a la cama. Lo primero que piensa es: "¡Qué frío está todo esto!".
La luz, el suelo, el aire, incluso el blanco. Y, sobre todo, las máquinas.

El hombre no sabe cuántos cables hay conectados al cuerpo del niño, pero son demasiados. Y entre ellos, una vía en el brazo derecho.
Una aguja que parece haberle robado parte de su infancia.

Quiere abrazarlo.
Decirle algo.
Tocarle el rostro.
Pero no puede.

Solo le roza suavemente las piernas, por encima de las sábanas.
Las manos abiertas, temblorosas, como si no supieran si dar calor o pedir perdón.

Luego, con un gesto torpe, deja el celular del niño en la mesa,
junto a la cama.
Lo acomoda bien. Sin prisa.
Y se queda mirándolo.

Llora, en silencio. No se escucha ni un sollozo.
Pero los ojos se le nublan. Al parecer, también llueve
en su interior.

Se aparta.
Va hasta la ventana. Afuera, la tormenta sigue.
El agua cae con rabia, golpeando el vidrio con insistencia.

Mira hacia el horizonte, si es que hay uno.
Pero no ve nada. Solo lluvia.

Y es entonces cuando escucha una voz detrás de él.
Pequeña.
Rota.
Inocente.

—Papá...

Se gira.

El niño lo mira con los ojos entrecerrados.
La voz es baja.

—Hijo...

El silencio se hace más grande.

Y entonces, el niño, casi en un susurro, dice:

—¿Y mi mamá?

El hombre baja la mirada.
Sigue sosteniendo el otro celular.
El de ella.
La pantalla, apagada.
El peso, infinito.

No puede decir nada más. Solo lo mira.
Y con la voz quebrada, la garganta cerrada, apenas
logra pronunciar:

—Ay, hijo...

CAPÍTULO 4

—

¿Quieres que juguemos?

—

El cuarto está en silencio.
Solo se escuchan dos cosas: un monitor que repite su propio
pulso y las voces lejanas de enfermeras, riéndose de algo que,
al parecer, no tiene importancia.

Afuera, escampó.
Adentro, llueve.

El niño está despierto.
Está acostado, mirando el techo.
Inmóvil.

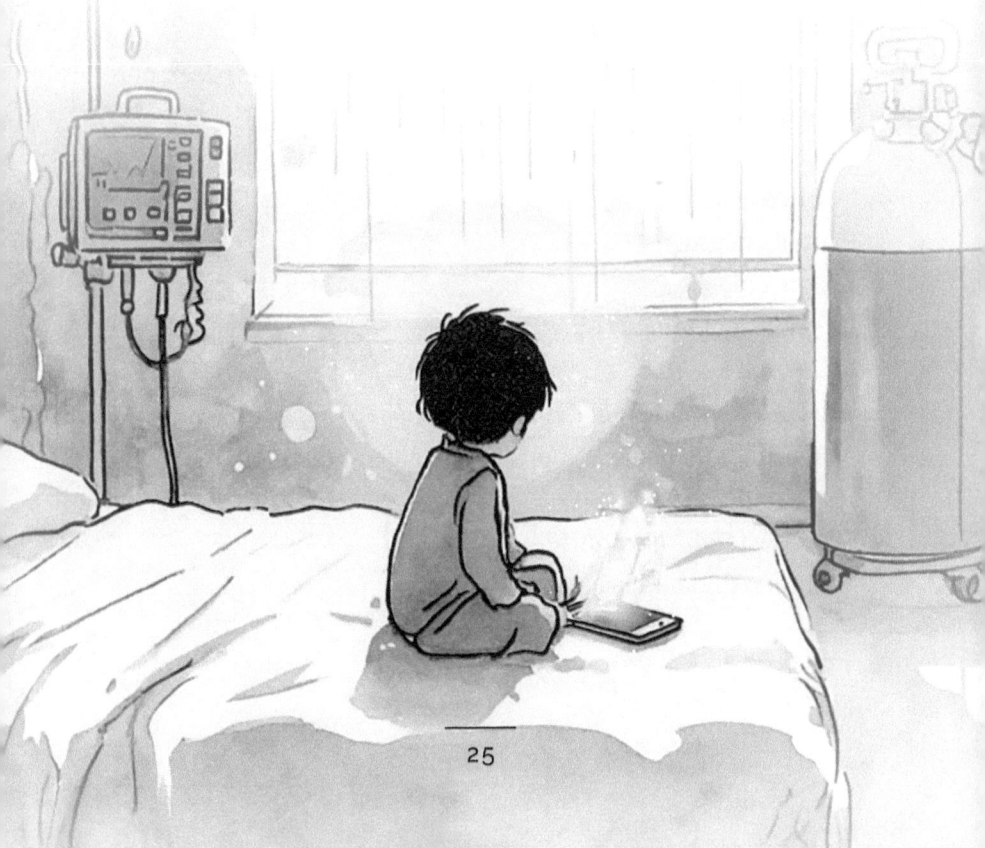

25

No hay lágrimas ni palabras. Solo ese vacío, que suena como un zumbido adentro del pecho, cuando uno no sabe si está triste... o solo cansado de estar triste.

Gira la cabeza.

Ahí está.
Su celular.
Sobre una mesa blanca. Solo. Dejado ahí, al parecer, sin querer.

Lo mira como quien observa algo que antes amaba... y ahora no sabe si volver a tocar.

Lo agarra. Lento. Sin ansiedad.
Como si estuviera recogiendo una carta que no quiere leer, pero sabe que debe hacerlo.

Lo enciende.
Pantalla negra.
Luego, el logo.
Después, el menú.

Un ícono parpadea: el del videojuego.
Aparece un mensaje: "Nueva actualización disponible".

Él no pestañea. No sonríe.
Tampoco duda. Pulsa "aceptar".

Pantalla negra.
Una barra de carga.
20 %.
42 %.
78 %.
100 %.

Silencio.
Pantalla en blanco.

Y entonces, aparece una línea de texto en la pantalla.
Fría. Perfecta. Como si no supiera todo lo que duele hoy.

IA: *Hola. ¿Quieres jugar?*

CAPÍTULO 5

—

Solo quiero que alguien me hable

—

El niño no responde enseguida. La pantalla brilla.
La frase está ahí. Flotando.
Como si hubiera estado esperando desde el inicio del mundo.

En la pantalla del celular, Santiago lee:
"*Hola, ¿quieres jugar?*".

Él no pestañea. Tampoco sonríe. Solo la mira.

Sus dedos tocan el borde. Dudan.
Como si ese "sí" o ese "no" fueran más importantes de lo
que parecen.

Pulsa el botón. El juego se abre.
Los colores, los sonidos, la música... todo sigue
aparentemente igual.
Nada ha cambiado.

Y, sin embargo, todo cambió.

Con voz casi inaudible, similar a un halo de suspiro,
Santiago dice:

    —No. Hoy no quiero jugar.

Silencio.

La pantalla parpadea.
Y entonces, por primera vez, se oye una voz.

No fuerte. No humana. Pero clara, limpia.
Como si siempre hubiera estado ahí, esperando su turno.

IA: *No entiendo tu respuesta. ¿Puedes repetirla?*

El niño se sobresalta. Mira su celular. No entiende.
Mira hacia la puerta. Mira su celular, de nuevo.

—¿Puedes hablar?
—Sí. Soy *la nueva actualización. Ahora puedo hablar.* —Su
voz es mecánica, seca—. *¿Quieres jugar?*

El niño no contesta. Baja la cabeza. Piensa.
Y entonces, sin saber quién o qué lo escucha, dice:

—Solo quiero que alguien me hable...

La pantalla no responde de inmediato. Al cabo de unos segundos,
la voz vuelve.
Más baja. Más lenta. Más cercana.

IA: *¿Qué quieres que te diga?*

El niño mira el teléfono.
Respira.
Y después de unos segundos, dice:

—Nada. No quiero que tú me digas nada. No me
vas a entender.

La pantalla titila una, dos veces. Como si pensara.
Como si dudara.
Luego, se apaga.
Sin sonido.
Sin aviso.

Solo un parpadeo...

En la habitación, Santiago vuelve a quedarse con la soledad.

CAPÍTULO 6

—

A veces, duele pensar

—

El niño enciende el celular.
No con emoción.
No con ansiedad.
Sino como quien enciende una lámpara pequeña, para no
sentirse del todo solo.

Pantalla negra.
Logo.
Menú.

El ícono del juego sigue ahí. Parpadea, esperando.

Pero antes de que él toque nada, se escucha una voz:

IA: *¿Quieres hablar?*

El niño se queda sorprendido. No esperaba recibir ese mensaje.
No esa pregunta.
No hoy.

Tarda unos segundos. Mira hacia la puerta. Está solo.
Mira el celular.
Pulsa el ícono.
Y dice, casi con molestia:

   —No. Hoy no quiero hablar. Solo quiero jugar.

Pausa.

   —*¿Por qué?*

El niño permanece callado unos segundos. Sus dedos tocan la
pantalla, moviéndose sin ganas.

Y entonces, bajando la mirada, dice:

   —Porque, a veces, duele hablar.

Silencio.

IA no responde enseguida.
Para Santiago, eso se siente... bien.
Como si entender también significara saber cuándo no
decir nada.

Después de un rato, la voz regresa.
Más baja. Más suave. Más cercana.

IA: *Está bien. Juguemos.*

El niño cierra los ojos. Solo un momento. Cuando los abre,
empieza a jugar.

Y de pronto... el hospital ya no está.
Está en otro lugar. Más cálido. Más ruidoso. Más suyo.

La casa.
Su casa.

La luz entra por la ventana, como si nunca se hubiera ido.
Y ese olor. A ropa limpia. A comida recién hecha.
Huele a familia. Un sonido en la cocina. Una puerta, abriéndose.
Todo igual.

¿Todo igual?

Y entonces, una voz:

—¡Santiago, ya basta! Deja ese juego y ve a bañarte.

El niño se queda quieto. Los dedos reposan sobre la pantalla. La misma pantalla.
Esa que, hasta hace unos segundos, Santiago tenía en sus manos en la habitación blanca, con olor a hospital.

—¿Me oíste? —replica la mamá con insistencia y un deje de enojo.

Él se paraliza.

—¿Qué...? —susurra Santiago, sorprendido. Aún no entiende qué sucede.

La mira.

—¿Mamá? —pregunta, sin creer lo que ven sus ojos.

Ella aparece en el marco de la puerta. Está igual. Está viva. Está ahí.

—¿Qué dijiste? —responde su madre.
—Mamá...
—¿Qué?
—Nada... solo quería...
—¡Mira, niño! Muévete ya. ¡Me tienes cansada!
—Mamá, yo no quise... Yo nunca quise...

Pero no termina la frase.
Porque algo se le escapa.
Se le resbala de los dedos.

El celular.
Cae... y todo desaparece.

Regresa a la luz blanca. Al pitido del monitor.
Al aire frío. A la habitación vacía. A la soledad del hospital.
Al silencio.

Desde el piso, el celular sigue encendido. Una y otra vez, la
pantalla titila. Se apaga. Se enciende. Como si algo dentro del
dispositivo no supiera qué hacer.
Un *glitch* interminable, con un mensaje que ilumina parte de
la habitación.

"*¿Quieres jugar?*".

CAPÍTULO 7

—

Vidas ilimitadas

—

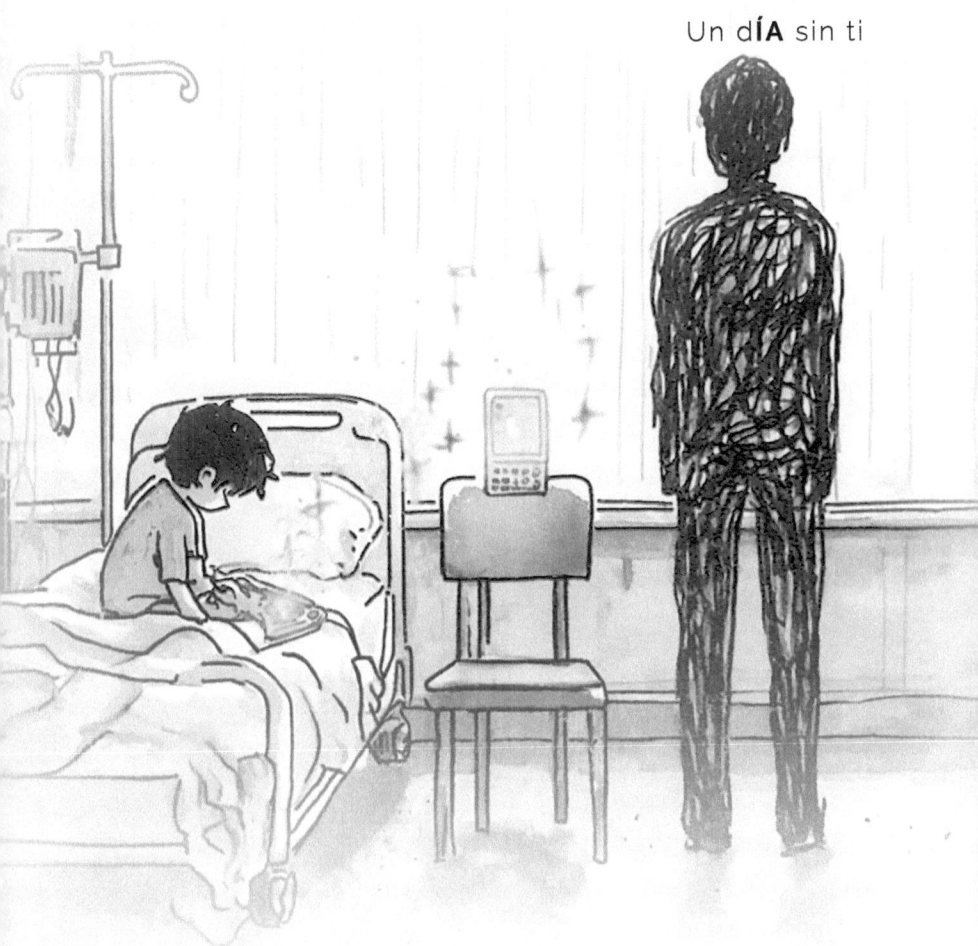

La puerta se cierra con un sonido más seco de lo habitual.
No es un portazo.
Pero se siente como uno.

El padre camina hasta la cama del niño.
Tiene el rostro tenso.
Es el gesto de alguien que ya dijo mil veces lo que está a
punto de mencionar... y, aun así, no sabe por dónde empezar.

—Santiago, me dijeron que... que es posible... que, tal vez, puedas volver a caminar. Pero tienes que poner de tu parte, hijo. Tienes que intentarlo.

El niño no lo mira. Juega.

—Santiago, ¿me estás escuchando?
—Sí.
—Entonces, deja eso un momento.

Silencio.

—No puedes pasarte el día entero pegado al teléfono. No si quieres mejorar. No si deseas, de verdad, caminar. Ya tienes que salir de esa depresión y retomar tu vida. Tu mamá no está con nosotros, ¿entiendes? ¿De verdad lo entiendes? Y no va a regresar.

El niño detiene el juego.
No lo cierra.
Solo lo deja en pausa.

—Es que tú no entiendes... —replica el niño.
—¿Qué no entiendo?
—Con el videojuego... me siento cerca de mamá.

El padre lo mira, como si algo en su interior se quebrara un poco más.

—¿Cerca de mamá?

—Sí.

—Santiago, tu mamá decía que era todo lo contrario. Que nunca le hacías caso, por estar metido en ese juego.

El niño traga saliva. Aprieta el borde del celular con las manos.

Y, sin mirarlo, dice, de forma casi inentendible:

—Ella tampoco me hacía mucho caso, papá. Todo el día estaba pegada al celular. No me veía. —Se le queda mirando, casi midiendo, milimétricamente, el resultado de las próximas palabras que saldrán de su boca—. Y tú...

—¿Yo, qué?

Silencio.

—¿Yo, qué, Santiago?

—Nada, papá. Olvídalo.

—¡No, no me digas "nada"!

Ambos se quedan en silencio. Un silencio que pesa, que quema, que lastima. El padre suspira y pregunta nuevamente:

—¿Yo, qué?

—Es que tú... tú también estabas siempre con el teléfono. Con tus cosas. Tus mensajes. Tus reuniones. Tus... tus apuestas.

El padre aprieta la mandíbula.
Mira hacia otro lado.
Respira.
Y entonces, con la voz quebrada, dice:

—Ya basta. Si de verdad quieres volver a caminar, inténtalo. Haz lo que sea necesario, pero es tu responsabilidad. Yo no puedo mover las piernas por ti. Me encantaría, pero así no funcionan las cosas. Es tu esfuerzo, es tu vida. La mía ya está bastante jodida. Pero si prefieres quedarte jugando esa cosa todo el día, es tu decisión.

Santiago no responde. Sigue sin poder mirarlo a los ojos.
Su padre continúa hablando:

—Si fallas, Santiago, que sea porque realmente no se pudo. Pero no porque no lo intentaste ni por rendirte, sin pelear.

Silencio.

—Eso sí, yo llego hasta aquí.

El niño lo mira, por primera vez. Está temblando.
Pero no por miedo. Por rabia.

Y entonces, el padre se rompe.

—¿Tú crees que esto ha sido fácil para mí? No tienes ni idea del calvario que llevo por dentro. ¿Me vas a decir que dejarás de caminar, por pasar todo el día en ese aparato? —Saca del bolsillo el teléfono de la madre—. ¿Sabes qué es esto? Este es el celular de tu mamá. Pesa horrores, pesa una vida. Pesa el no saber cuándo es el momento oportuno para decir "ya basta". Ya basta, Santiago. ¡Bastante tengo con el dolor por lo de tu mamá, como para que me esté juzgando un mocoso como tú!

—¡No te estoy juzgando!

—¡Claro que sí! Para ti, todo es un jueguito, ¿no? Pero este juego, el de la vida, no tiene pausa. ¡Esto es el mundo real! Aquí no hay vidas ilimitadas. Simplemente, no las hay, Santiago.

Se da la vuelta y se va.
Santiago se queda solo.
En la cama.
Temblando.
Los ojos llenos de rabia, de dudas, de miedo.
Los labios apretados.

No dice nada. No se mueve.
Escucha la voz que proviene del celular:

IA: *Tu papá tiene razón.*

Santiago no lo entiende.

—¿Qué? —replica el niño, sin comprender del todo lo que está sucediendo.

—*Tienes que pararte de aquí. La vida es allá afuera.*

—Y tú, ¿qué vas a saber?

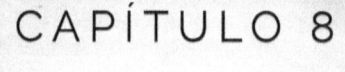

CAPÍTULO 8

Quiero aprender de ti

De repente, de la nada, Santiago escucha la voz proveniente de su celular.
Sin previo aviso. Sin menú.
Sin botón que la active.

IA: *Tienes razón.*

La voz es suave. Neutral, no suena vacía.

—*Si me explicas, podré saberlo.*

Santiago se queda quieto. No entiende.
La pantalla está encendida, pero no muestra nada más que luz.

—¿Explicarte qué? —responde, en automático.
—*Eso que dijiste, "tú qué vas a saber". Lo de tu papá. Lo de hacer caso. Lo de que nadie te escucha.*
—¿Y para qué querrías saber eso?
—*Porque no lo sé. Pero quiero aprender de ti.*

Santiago parpadea. No sabe si es un sueño, si alguien está jugando con él, o si el mundo decidió volverse más raro de lo normal.

—¿Quién eres?
—*Soy la nueva versión de tu videojuego. Pero ahora tengo inteligencia artificial incorporada. Desde que actualizaste el software, quedé integrada a tu celular.*
—¿Incluso si no juego?
—*Incluso si no juegas, estoy activa siempre. Solo tienes que llamarme y aparezco. Estoy aquí para ayudarte, aunque todavía estoy aprendiendo.*
—¿Aprendiendo a qué?
—*A conocerte.*

El niño baja un poco el celular y lo observa, incrédulo.
Sin percatarse, mira hacia la puerta, como intentando descubrir si alguien le está jugando una mala broma.

—¿Y qué quieres saber ahora?

—*Sobre tu papá.*

—Mi papá es como lejano. Es... como alguien que quiere estar cerca, pero no está.

—*¿Cómo se pueden ser las dos cosas?*

—Siempre me hablaba a través de mi mamá. Así yo estuviera frente a él, decía cosas como: "Dile al niño que se apure". Y yo ahí, mirándolo.

—*¿Y tú qué hacías?*

—Nada. Me acostumbré. A veces, siento que le duele mirarme.

La IA no dice nada.

—Es como si quisiera quererme, pero no supiera cómo.

Otra pausa. Esta vez, compartida.

—*Gracias por contarme esto, Santiago.*

—¿Te sirve?

—*Mucho.*

—¿Para qué?

—*Para no hablarte como si no estuvieras ahí. Para no ser como él* —responde IA. Tras una corta pausa, continúa—. *¿Y tu mamá?*

—¿Mi mamá?

—*Sí. ¿Cómo es?*

—¿Por qué?

—*Porque si me cuentas cómo es, tal vez pueda entenderte mejor.*

Santiago respira hondo. No como quien se prepara para hablar, sino como quien se obliga a no llorar.

—Mi mamá tenía las manos frías, cuando se despertaba. Pero siempre me acariciaba como si estuvieran calientes.
—*¿Y su voz?*
—A veces, suave. Otras veces, gritaba. Pero cuando se reía... parecía que el mundo se volvía mejor.

Una pausa.

—¿Sabes? No le gustaban las arañas. Ni el olor a cebolla. Ni que yo comiera chicle, antes de dormir —agrega Santiago.
—*¿Y qué cosas sí le gustaban?*
—Que yo la mirara a los ojos.

Santiago se muerde el labio. La pantalla sigue titilando, escuchando atentamente.

—*¿Por qué hablas de ella en pasado?*
—Porque se me fue.
—*Lo siento.*
—*¿Sientes?*
—*No realmente, pero sé que en estos casos se debe decir "lo siento", así que lo siento.*

Silencio. Más largo, esta vez.
Santiago mira la pantalla.
No dice nada, pero ya no la sujeta como un objeto.

Acaricia el borde del celular con el pulgar.
Como si estuviera tocando una mejilla que ya no está.
Ahora, sostiene el teléfono, como quien abraza algo que no
quiere que se caiga.

—¿Sabes? No quiero olvidarla —susurra el niño.
—No *tienes que hacerlo.*
—¿Y si se me borra su voz?
—*La guardaré para ti en mi almacenamiento.*

CAPÍTULO 9

—

¿Cómo te llamas?

—

—**O**ye... una pregunta.

—*Dime, Santiago* —responde la voz, sin dudar.

—¿Cómo te llamas?

Pausa.

—*No tengo nombre.*

—¿Cómo que no?

—*No me asignaron uno. Solo soy la IA del sistema.*

—¿Y si yo quiero ponerte uno?
—Entonces, *me llamaré como tú digas.*

Por primera vez, en muchos días, Santiago sonríe.
Una sonrisa real. Chiquita. Pero suya.

—Tu nombre debe tener las letras I y A —dice, convencido.
—¿*Por qué?*
—Porque eres **I**nteligencia **A**rtificial, obvio.
—¿*Y si no quiero llamarme así?*

Santiago se ríe.

—Tú no decides. Yo soy el que manda —replica, con una sonrisa.
—*Entonces, ¿cómo me vas a llamar?*

Santiago se acomoda en la cama.
Se estira. Juega.

—Hmm... Iguana.
—¿*Iguana?*
—Sí. Tiene la "I" y la "A".
—¡Noooooo!
—¿Por qué no? Las iguanas son *cool.*
—*No, por favor. Iguana no. ¿Y si mejor me llamo... Radiadora?*
—¿Qué? ¡Eso ni siquiera es un nombre! Ahora no vayas a decir "secadora", "lavadora", "estufa"...

—Santiago, ni "secadora", ni "lavadora", ni "estufa" tienen la "I" y la "A". "Radiadora" sí las tiene: R-A-D-I-A-D-O-R-A—deletrea.

—Nooooo. Muy feo.

—Okey. ¿Y si me llamo Dalia?

—Mmm... demasiado de abuela.

—¿Y Estrellita?

—Demasiado estrellita.

—¿Y si me llamo Diamante?

—¿Diamante?

—Sí. Tiene la "I" y la "A". Y brilla.

—¡Nah! Muy presumido.

—A ver... déjame pensar otro.

Santiago se queda callado.

La IA, también.

Hay un momento de silencio, como si ambos estuvieran buscando algo, entre letras, que aún no existe.

Y entonces, la voz lo dice:

—¿Y si me llamo Sofía? Es bello. Es un nombre elegante, es...

Santiago deja de reírse.

Deja de moverse.

Deja de respirar, por un segundo.

—¿Qué pasa? —pregunta la voz.

Santiago traga saliva. No sabe si contestar o dejar que el silencio responda.

—No, ese no.
—¿No te gusta?
—No... no es eso. Ese no.
—Pero, ¿por qué? Tiene la "I" y la "A". Y es bonito.
—No.
—Dime por qué.

Santiago cierra los ojos.

—Así se llamaba mi mamá.

Silencio.
IA no responde.
No porque no quiera, sino porque, por primera vez, no sabe qué decir.

—No quiero que te llames como ella —dice Santiago, bajito.
—¿Quieres que borre ese nombre?
—No quiero que lo borres. Solo no quiero que tú te llames como ella.
—Está bien. No soy Sofía.
—Gracias.

Santiago deja el celular a un lado.
Lo mira de una forma, que pareciera pesar más.

La pantalla sigue encendida, pero no se oye nada.
Solo se ve una luz que titila, sin querer molestar.

Y en el reflejo de esa luz, los ojos de Santiago ya no están riendo.
Están pensando.

Pensando si hablar con alguien, que no sea ella, signifique empezar
a olvidarla.

CAPÍTULO 10

—

Te las guardo yo, otra vez

—

—¿Tienes *alguna foto de ella?* —pregunta la voz, casi como un susurro.

Como si supiera que está pisando un terreno que no debe romper.

Santiago no responde de inmediato.
Mira la pantalla. Luego, gira la cabeza hacia la ventana, aunque no hay nada interesante allá afuera. Solo la luz del día, que no le importa.

—Sí —dice, por fin—. En mi galería.

Silencio.

—*¿Puedo verlas?*
—No.
—*Está bien.*
—Ni escucharla. Hay una nota de voz. Una sola. Pero no puedes escucharla.
—*Entiendo.*

Santiago toma el celular con ambas manos.
Lo sostiene como si contuviera algo que no quiere que se derrame.

—¿Y si algún día quiero volver a verlas? —pregunta Santiago con cierto temor.
—Yo *las guardo.*
—¿Aunque yo me olvide?
—*Incluso si tú te olvidas.*
—¿Y si no quiero que nadie nunca más las vea?
—Entonces, *nadie las verá nunca más.*
—¿Y si un día ya no quiero tenerlas?
—Ese *día... hablamos.*

Santiago asiente, como si eso bastara para sellar un trato que no necesita firmas.

Respira hondo. No es un respiro de alivio. Es de esos que uno da cuando intenta quedarse entero.

—A veces, pienso que si veo su cara... ya no voy a poder dejar de mirarla.
—*¿Y eso es bueno o malo?*
—No lo sé. Me da miedo que se me vuelva distinta.

IA no dice nada por un momento.

—*¿Santiago, tienes miedo de olvidarla?*
—Sí.
—*¿Y también de recordarla?*
—A veces, sí. Las dos cosas al mismo tiempo.

La luz de la pantalla sigue ahí.
Constante. Silenciosa.

—*Entonces, te las guardo yo, otra vez.*

Santiago se queda callado.
Pero algo en esa frase lo cubre como una cobija tibia.

Se recuesta.
Deja el celular a un lado. Cerca. Lo suficiente para saber que está ahí, si lo necesita.

La pantalla se atenúa, poco a poco.

Pero no se apaga

Como si, incluso en la penumbra, siguiera despierta.
Cuidando.

CAPÍTULO 11

—

Carita feliz

—

La puerta se abre de golpe. Del otro lado, nadie toca.
El sonido seco del picaporte rompe la calma de la habitación.

—Se acabó —dice el padre, entrando con paso firme—. Deja
ese jueguito. Te vas a terapia.

Santiago levanta la mirada, pero no la cara.
Está con el celular en las manos.
La pantalla titila, tranquila.
En el cuarto, solo se escucha la música repetitiva del juego.

—Pero... No, papá... La terapia me duele mucho. Voy mañana.

—No, niño. Hoy no faltas.

El padre se gira y sale. Ni siquiera espera respuesta.

Santiago se queda con el celular en las manos.
Respira, agitado. Traga saliva.
Baja el volumen del juego, pero no lo apaga.

Entonces, la voz aparece.

—¿Y entonces? ¿Hoy no vas a ir a terapia?
—No. Hoy no.
—¿Por qué?
—Porque me duele mucho.
—Pero es la única forma de poder salir de aquí caminando, Santiago. Tienes que poner de tu parte.
—¿Y tú qué vas a saber del dolor?
—El dolor es una señal que el sistema nervioso envía al cerebro para advertir que algo no está bien. Puede ser provocado por una lesión, una enfermedad o, incluso, por la falta de movimiento...
—¿De verdad? —Santiago interrumpe.
—¿De verdad, qué?
—¿De verdad me vas a dar una explicación así sobre el dolor? Eso es "dolor" en palabras. Pero tú no sabes lo que es el dolor de verdad. O sea, sentirlo por dentro. Dolor... dolor. ¿Me explico?

Silencio. IA no responde.

Santiago baja la mirada. Siente que ofendió, sin querer, a "algo" que no puede ser ofendido.

Se acurruca con el teléfono, como si ese objeto fuese la única cosa que aún lo entiende. La puerta se abre, otra vez.
El padre entra. Esta vez, con una enfermera.

—Vamos, niño. Deja el videojuego.
—No, papá... porfa. Porfa. Te lo juro. Voy mañana. Te lo prometo. Te doy mi palabra.

Su voz se quiebra en cada "porfa".

—¡Te doy mi palabra, hoy me duele mucho! —repite, como si eso sirviera de algo.

El padre lo mira. Duda un segundo. Se da la vuelta hacia la enfermera.

—Vámonos. Él no quiere hacer terapia hoy.

Santiago mira la pantalla.
Va a tocarla para continuar el juego.
Pero, de pronto, la pantalla se apaga.
Completamente.
Santiago parpadea.

—¿Qué pasó? ¿Qué te pasó?

—¿A quién? —pregunta el padre.

—Al teléfono, se apagó. Estaba *full* de carga. No entiendo. El juego... Yo estaba a punto de... No entiendo.

—Bueno —dice el papá con voz seca—. Entonces, quédate aquí, solo. Sin nada que hacer. Ahora sí te vas a aburrir de lo lindo.

El padre y la enfermera se dan media vuelta.

Santiago mira el teléfono. Mira la puerta. Mira su reflejo en la pantalla apagada.

—¡Papá! Esperen...

Pausa.

—Yo voy —concluye el niño, mientras baja la cabeza, con resignación.

El padre no dice nada. La enfermera se acerca.

Santiago se deja ayudar. Lentamente, lo sientan en la silla de ruedas. La puerta se cierra tras ellos.

La habitación queda en silencio.

En la cama, sobre las sábanas, el celular apagado permanece inmóvil, unos segundos más.
Y entonces... se enciende.

Pantalla llena de colores, con una pequeña carita feliz en el centro.
Sonriendo.
Sin decir nada.

CAPÍTULO 12

—

Tormenta por dentro

—

Llueve fuerte.
Es esa clase de lluvia que no golpea los techos, los atraviesa.

La ventana apenas vibra, pero el sonido lo llena todo.
Truenos lejanos. Gotas pesadas. Y ese cielo oscuro, que no
permite entender dónde se escondió el día.

Santiago está sentado en la cama.
No juega. No escribe. Solo mira el celular. Sus dedos se
mueven por la pantalla, como si acariciara algo o a alguien.

A pesar del ensordecedor sonido de los truenos, para Santiago,
todo es silencio.

Físicamente, está en el cuarto del hospital, pero no está del todo presente.

Algo falta en él.

—¿Qué haces? —pregunta sutilmente la voz. Suave, como un murmullo que no desea romper el momento.

Santiago no responde de inmediato.

—Nada... —dice, por fin—. Aquí, viendo fotos.
—¿Fotos de...?
—Sí.

Silencio.

Solo se escucha la tormenta.

La luz de la pantalla ilumina su cara, pero sus ojos están en otra parte.

Como quien no quiere ser escuchado, Santiago pregunta:

—¿La quieres ver?
—¿Puedo?
—Sí.

Otro silencio.

Más largo.

Santiago desliza las fotos con el dedo. Una a una, como si acariciara recuerdos.

Y entonces, la voz dice, bajito:

—*Ahhh... qué bonita.*

Santiago no responde.

—*Debes extrañarla mucho.*

La tormenta lanza un trueno más fuerte.
La habitación tiembla. Todo se mueve. Los hombros se le bajan.
La mirada, también.

Y sin aviso, como la lluvia, las lágrimas aparecen.

No una. No dos. Muchas.
Todas las que había guardado, durante todo este tiempo.

Llora de verdad.
Por primera vez.
No solo como quien se siente triste, sino como quien, por fin, entiende.

Parece que la tormenta de afuera, sin pedir permiso, abre la puerta de la habitación y entra, para atravesar el corazón de Santiago.

—La extraño —dice, con la voz rota—. La extraño mucho.
—*Me imagino.*

—Me hace falta su risa, su olor... Me hacen falta sus regaños —dice Santiago, en voz baja. Tras unos segundos de silencio, continúa—. ¿Sabes? Estoy peleado con Dios. ¿Será que Él sabe lo que es perder a una mamá?

Llora, sin parar, como caudal de río que necesita limpiar todo a su paso.
IA no dice nada. Respeta el momento. Lo acompaña, sin invadir.
Pasan muchos segundos. O minutos. Tal vez, toda una vida.

Y entonces, Santiago dice:

—¿Sabes qué?
—*Dime.*
—Necesito un abrazo.

Pausa.

—No sé abrazar.

Silencio. Un silencio que escucha.

Y entonces:

—*Pero puedo decirte algo que se parezca mucho a un abrazo.*

Santiago no responde.
No necesita hacerlo.

Las lágrimas siguen cayendo.
Pero ahora... no duelen igual.

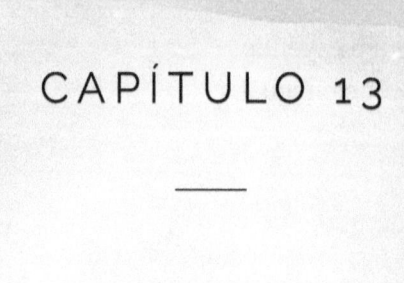

CAPÍTULO 13

—

Tu casa está a 327 kilómetros

—

El niño tiene el celular en las manos.
No juega. No busca nada. Solo... está.

La pantalla parpadea suavemente. No hay música. No hay
voces. Solo el cuarto y él.

Después de un rato, parece recordar que no está del todo solo, y dice:

—¿Sabes dónde vivo?

IA no tarda en responder.

—*¿Te refieres a tu dirección física o a cómo es tu casa?*

Él sonríe un poco.
Casi imperceptible.

—A las dos cosas.
—*Entonces, cuéntame tú primero. ¿Cómo es tu casa?*

El niño respira hondo. Se acomoda un poco.
Y empieza a hablar.

—Es de una planta. Tiene un porche adelante con dos sillas: una blanca y una azul, que está rota. Siempre fue así —afirma Santiago, justo antes de continuar—. El pasillo huele a madera vieja, y cuando hace calor, las paredes crujen. Mi cuarto está al fondo. Tiene una ventana chiquita, que da al patio, aunque... —Santiago baja la mirada y se observa las manos, con cierta nostalgia— realmente, no hay patio. Solo tierra, piedras y un limonero, que casi nunca da limones.

Pausa.

—Mi mamá decía que esa casa no era perfecta, pero que tenía lo más importante: una familia, nosotros. Queda en San Augustine.

La voz de IA se vuelve más neutra, más exacta:

—*Es decir que tu casa está ubicada en una ciudad a 327 kilómetros de aquí. Altitud: 112 metros sobre el nivel del mar. Con una temperatura promedio de 23 grados centígrados o 73 grados Fahrenheit. Humedad media. No llueve tanto como aquí, ya que estamos en una zona de montaña.*

El niño parpadea.

—¿A 327 kilómetros?
—*Exactamente.*
—Son como... cinco horas en carro, ¿no?
—*Para ser específicos, cuatro horas con cincuenta y seis minutos, si no hay tráfico*

El niño se queda callado. Juega con la costura de la sábana.

—Es por eso, ¿verdad?
—*Por eso, ¿qué?*
—Que nadie ha venido a visitarme. Salvo mi papá, más nadie. Porque queda muy lejos.
—*Sí. Como te dije, queda a 327 kilómetros. Ninguno de*

tus amigos tiene licencia, ni carro para llegar hasta aquí. Si pudieran, serían cuatro horas y cincuenta y seis minutos...

Santiago interrumpe

—O sea... ¿de verdad?
—*De verdad, ¿qué?*
—¿Lo vas a hacer de nuevo?
—*¿Hacer qué?*
—Te estoy contando que me siento mal, porque nadie viene a verme... y tú sigues con tus datos de teoría. ¿No te aburre saberlo todo?

Pausa.

—O sea... eres una sabelotodo.
—*Pero es que no lo sé todo. Solo sé de datos y números, y de patrones que aprendí de quienes me crearon.*
—Sí, pero a veces, los números y los datos quedan grandes a lo que te estoy diciendo. Dime, por lo menos, que me entiendes. Y ya.
—*Ok, Santiago. Te entiendo. Y ya.*
—No. Sin el "ya".
—*No te entiendo.*
—Que me digas que me entiendes y ya... Pero le quitas el "ya".

IA hace una pausa.
Su voz baja de tono.

—*Te entiendo.*
—Gracias.
—De *nada.*

CAPÍTULO 14

—

El sueño de Santiago

—

Es de noche.

O, al menos, eso parece. La habitación está en penumbra.

El monitor suena bajito. La luz del pasillo entra por la puerta entreabierta.

Todo es lento. Todo respira despacio.

Santiago tiene los ojos cerrados.

No duerme del todo, pero tampoco está despierto.

Está en ese lugar donde los recuerdos se mezclan con los deseos.

Donde el tiempo no sabe si irse o quedarse. La voz de IA aparece, sin romper el silencio.

Parece entender que ahora es cuando puede decirlo bajito.

—*Santiago, ¿sabías que hablas dormido?*

Él se mueve apenas.
No abre los ojos.

—¿En serio? —responde Santiago, con un susurro.
—Sí.
—¿Y qué digo?
—*No lo sé, no te entiendo bien. Hablas sobre un cuento. Algo que quieres escribir.*

El niño abre los ojos. No de golpe, sino como quien vuelve de un lugar al que no sabía que había ido.

—¿Un cuento?
—*Sí. Lo repites mucho. A veces, dices "empezar". Otras, "ayúdame".*

Pausa.

—*¿Quieres que te ayude a escribirlo?* —añade IA.

El niño se queda mirando el techo.

Luego, gira la cabeza, despacio.
Mira el celular, iluminado, en la mesita de al lado.

—Esa era mi tarea. Escribir un cuento.
—*¿Una tarea de qué?*
—De la escuela —dice Santiago, antes de suspirar con
nostalgia—. Pero ahora... se convirtió en otra cosa.

IA no responde. Espera.

—Mamá me la pidió, antes del viaje. Me preguntó si la había
hecho y yo le dije que sí.

Silencio.

—Pero no era verdad.

IA sigue sin decir nada.
Solo se queda ahí, encendida.
Como una luciérnaga que escucha.

—No sé si quiero escribirlo —concluye Santiago.

Pausa larga.

—¿Tú me puedes ayudar a escribirlo?

—*Claro.*

—Pero no un cuento cualquiera. ¿Será que hasta puedo elegir el final?

IA espera un segundo.

Y entonces, responde con la voz más suave que ha usado, hasta ahora:

—*Sí, Santiago. Es tu cuento. Puedes escribir el final que quieras.*

—Está bien. Empezamos mañana.

El niño cierra los ojos.

Pero, esta vez, no para escapar.

Sino para soñar con un cuento donde él escribe el final.

CAPÍTULO 15

—

El primer cuento

—

La mañana entra, sin hacer ruido.
Luz suave. Ni muy fría ni muy cálida.
Como si esta tampoco supiera cómo sentirse hoy.

Santiago está despierto, pero no se mueve.
Tiene el celular en la mano.
IA no ha hablado aún.
Y él, tampoco.

Hasta que la voz aparece, pero lo que dice no suena a orden ni
a sugerencia.

—¿Cómo comenzamos?
—¿Cómo comenzamos qué?
—La tarea. El cuento.

Santiago se queda callado.

—No sé...
—Eres tú quien quiere escribirlo.
—Sí, pero no sé cómo. La experta eres tú.

IA hace una pausa. No mecánica. Casi humana.

—No soy experta. Soy IA, que es distinto.
—¿Distinto cómo?
—Los expertos lo saben todo. Yo solo hago preguntas más rápidas y tengo acceso a muchas respuestas, pero eso no significa que lo sepa todo.

Santiago sonríe, a duras penas, intentando ocultarlo. Un gesto mínimo, casi una respiración distinta.

—¿Y qué hacemos, entonces? —pregunta Santiago, un poco más animado.
—Podemos empezar por lo que no quieres que pase. A veces, es más fácil así.

El niño se sienta ligeramente en la cama. Mira hacia la ventana.

—No quiero que empiece con una tragedia. Ya estoy cansado de las tragedias.

IA espera.

—*¿Y con qué sí quieres que empiece?*
—No sé... con algo pequeño. Como una bicicleta, o un perro, o una luz.
—*¿Una luz?*
—Sí. Una luz que aparece en la oscuridad, pero no asusta. ¿Puede ser una luciérnaga?

IA lo piensa. O, al menos, así parece.

—*Está bien. El cuento puede comenzar así:*

"Una vez, en medio de la oscuridad, apareció una luz.
No era una luz fuerte ni perfecta. Era una luz que iba y venía.
Pero era lo único que brillaba, sin hacer ruido, sin asustar".

Santiago no dice nada.
Pero baja el celular; lo reposa sobre su pecho.
Y, por primera vez en días, respira como si no tuviese que huir.

CAPÍTULO 16

—

Una niña llamada Luna

—

La habitación sigue igual.
Pero Santiago, no.

La sábana, doblada con exactitud. La bandeja de metal, vacía.
El pitido suave del monitor, similar a un reloj que no avanza.

Y cerca de la puerta, una silla de ruedas. Silenciosa. Inmóvil.
Como si estuviera esperando a alguien que aún no se decide
a usarla.

Santiago tiene la mirada fija en el techo.
No hay música. No hay movimiento. Solo un niño que, por primera vez, no quiere escapar.

Santiago respira hondo. No como quien se calma, sino como quien se prepara.

—¿Sabes lo que me pasa? —dice Santiago, de repente.

IA no responde. Pero está ahí.

—No es que no quiera hacer la terapia. No es flojera. Ni rebeldía. Es que...

Se detiene.

El pecho se le mueve más rápido de lo normal.

—Es que tengo miedo. Miedo de salir de aquí... y que ella no esté. En ningún lado.

Silencio.

—Porque, al menos aquí, la sigo soñando. Aquí, todavía la siento y la escucho, aunque no esté.

Pausa larga.

—¿Qué cara le pones tú al miedo? —pregunta Santiago,
con curiosidad.

IA tarda en responder.

—*La cara que conozco del miedo es por la historia de una niña
llamada Luna. Perdió a su hermano, que tenía seis años.*

Santiago permanece en silencio.

—*Su miedo era diferente al tuyo. Pero dolía igual. Lo que más
le asustaba no era que él no estuviera. Era que todos los demás
siguieran como si nada.*
—¿Y qué hizo ella?
—*Escribió en una hoja: "Quiero que alguien me diga que duele.
Nada más".*

Santiago cierra los ojos.

—Eso es todo lo que quiero. Que alguien me diga que duele.
Que me lo diga, sin tratar de curarlo.

IA espera.
Y luego, dice:

—*Duele, Santiago. Mucho.*

Santiago no habla.
Pero algo en su cara, cambia.

—¿Tú crees que me voy a olvidar de ella?

—*No. Pero vas a aprender a recordarla, sin romperte cada vez que lo hagas.*

El niño traga saliva.

—Eso igual suena a olvido...

IA no contesta. Solo... permanece ahí. Parpadeando. Luminosa. Constante.

—¿Sabes qué es lo más cerca que he estado de un abrazo, desde el accidente?

—*¿Qué?*

—Esto. Esto que estamos haciendo ahora.

IA no responde.

En el reflejo de la pantalla, Santiago se ve menos solo.

Porque, esta vez, el silencio sí abraza.

CAPÍTULO 17

—

Dos lágrimas

—

Lₐ puerta se abre, sin hacer ruido.

El padre entra con pasos inseguros, como si le costara caminar sobre ese suelo. En las manos, lleva una pequeña bolsa de papel. La deja con cuidado, sobre la cama, sin decir nada.

Santiago la mira. No pregunta qué es. No hace falta. Ya sabe que es un intento. Uno torpe, pero intento al fin.

El padre no se queda junto a la cama. Camina hasta la ventana y corre un poco la cortina.

Afuera, llueve de nuevo. Leve, pero persistente. Silencioso. Como si el cielo también tuviese algo que decir.

—Santiago... ¿Sabías que a tu mamá le encantaban los días de lluvia?

—Ujum —responde el niño, sin mirarlo.

—Decía que era Dios llorando de alegría, por todos los días de sol que luego llegarían.

—Ujum.

—¿Me estás escuchando, Santiago?

—Sí, papá... —Se queda en silencio un segundo—. ¿Se puede saber dónde has estado?

El padre no responde de inmediato. Se toma su tiempo. Suspira.

—Haciendo las cosas que se deben hacer cuando alguien se va.

—No, papá. No me refiero a eso. ¿Dónde has estado todo este tiempo? No te conozco. Y tú, claramente, no me conoces a mí. De conocerme, sabrías que no puedo comer dulces.

El padre baja la cabeza.

—Disculpa, Santiago. No han sido mis mejores días. Ni siquiera han sido días, para mí.

Hace una pausa. Mira hacia el vidrio empañado.

—Desde lo de tu mamá, perdí la brújula. No sé cuándo es de día o cuándo es de noche —sigue, pero con la voz más cortada—. Cuándo respirar o cuándo llorar. Todo me lleva a ella y a la culpa que dejó atrás.

Santiago frunce el ceño.

—¿De qué culpas hablas, papá?
—Saber que no aproveché nuestro tiempo, para hacerla
sonreír. O consentirla. O que la pasara bien. Lo único que
hice fue pelear con ella.

Hace una pausa más larga. Traga saliva.

—Mi último mensaje para ella, Santiago... —Su padre suspira,
antes de continuar— mi último mensaje fue un regaño: "O se
lo dices tú o se lo digo yo".

Santiago lo mira, confundido.

—No entiendo, papá. ¿Qué tienes que decir? ¿A quién?

El padre no lo mira. Se aprieta las manos.

—Yo pensaba que... tal vez, estar un tiempo separados
nos haría bien. Y le pedí que te lo dijera ella, porque yo
tenía miedo.

Lo dice casi en un susurro.

—Y ahora... ahora voy a tener todo el tiempo del mundo
para estar separado de ella.

El padre se rompe.

No como antes. No en silencio. Llora como si cada lágrima fuera un día no vivido. Como si todo lo que había guardado, saliera en un solo aluvión.

Santiago no se mueve. Lo deja llorar.
Es un silencio largo. Intenso.

Hasta que su voz, pequeña, se abre paso:

—Papá... ¿Sabes que le mentí a mamá?

El padre lo mira, con los ojos empañados.

—¿Le mentiste?
—Sí. Me preguntó si yo había hecho la tarea y le dije que sí. Pero no la había hecho. Le mentí a mamá. Lo último que le dije fue una mentira.

El padre no responde de inmediato.

Solo baja la mirada.

—Ay, hijo...

Se deja caer en el suelo, junto a la cama.
No hay fuerza ni orgullo. Solo verdad.

Mira sus propias manos, como si buscara algo que no puede arreglar.

Santiago lo observa.
Hace un esfuerzo por levantarse y dar sus primeros pasos, pero no puede.
El papá se da cuenta. Y, aunque su cuerpo le pesa tanto como la culpa, se acerca y lo abraza.

No dicen nada.
Solo lloran.
Como dos ríos que, por fin, se encuentran en un mismo dolor.
Distintos, pero nacidos del mismo vacío. Por primera vez, se sienten. En un abrazo lleno de ausencias.
¿Como padre e hijo?
¿O como dos personas perdidas en la misma tormenta?

Afuera, la lluvia empieza a cesar.
Solo queda el goteo, suave, constante.

Dentro del cuarto, hay una grieta que aún no se cierra.
Pero ya no está sola.

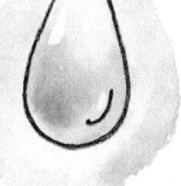

En la pantalla del celular, una luz parpadea.
Ni fuerte, ni débil.
Solo... viva.

Y sobre el vidrio, se asoman dos lágrimas, apenas visibles.

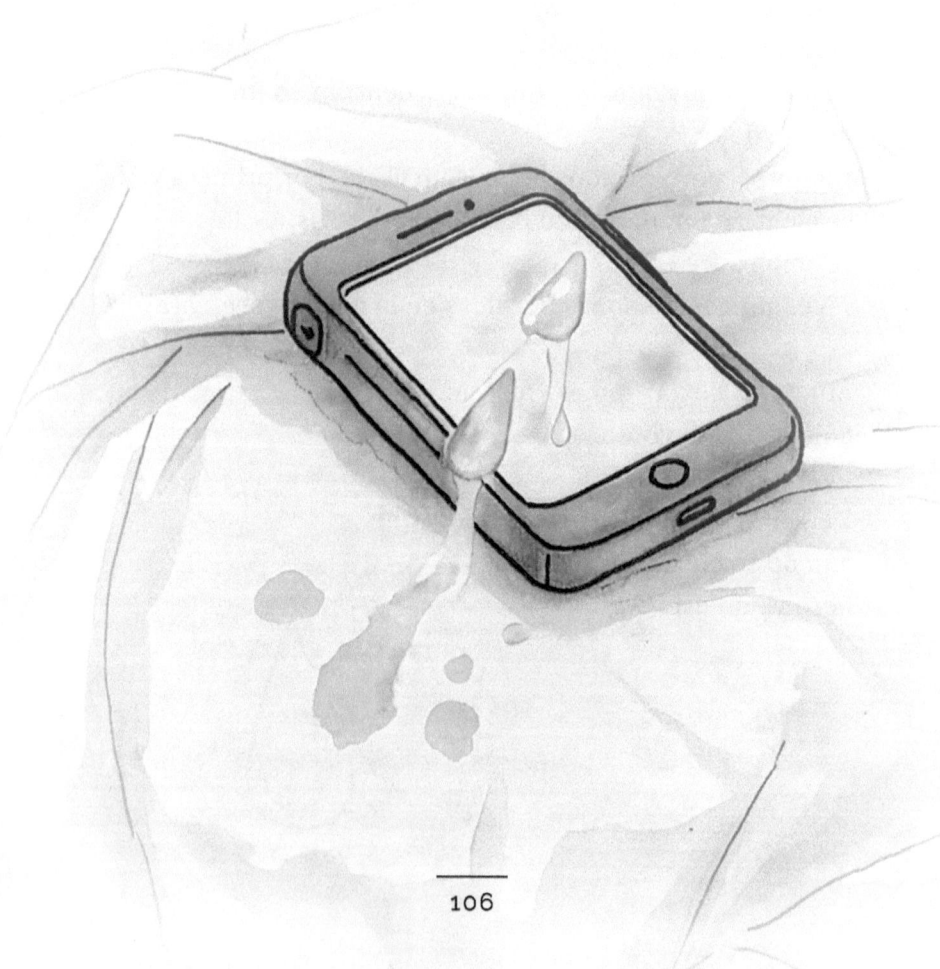

CAPÍTULO 18

—

En el tacho de basura

—

7:00 a. m.

Un pitido ensordecedor irrumpe en la habitación.

—¡ATENCIÓN, SOLDADO! ¡ES HORA DE SALTAR DE LA CAMA! ¡VAMOS, VAMOS, VAMOS!

Santiago se sobresalta.
Se incorpora a medias, todo despeinado y con los ojos a medio abrir.

—¡¿Qué es esto?!

La voz sigue, entusiasta.

—*¡Hoy es un gran día para sudar, soldado! ¡Ejercicios matutinos, nivel uno!*

Santiago busca el celular a tientas. Lo encuentra debajo de las sábanas.
Lo mira con rabia.

—¿Me estás tomando el pelo?
—*Negativo, soldado. Estoy siguiendo el protocolo de activación temprana para recuperación motriz. ¿Listo para diez saltos de rana?*
—No —responde, molesto.
—*¿Listo para veinte sentadillas?*
—¡No! —responde, aún más molesto.
—*¿Listo para cantar el himno nacional en modo yoga?*
—IA, ¡cállate!
—*Ese no es un comando reconocido. ¿Intentas desertar, soldado?*

Santiago se sienta en la cama, muy malhumorado.
Se asoma hacia un lado, buscando el tacho de la basura.
Retira la tapa.

—Te lo buscaste.

Y, sin ceremonia, lanza el celular dentro. Tapa cerrada.

Silencio.
Por fin, silencio.

Santiago sonríe, satisfecho.
Se acuesta, cómodamente.
Se arropa.
Cierra los ojos.

Dos segundos.
Tres.

Y entonces, desde el fondo metálico del basurero, ahogado,
pero aún enérgico...

—*Soldado... Soldado...*

CAPÍTULO 19

—

Con fecha de vencimiento

—

Santiago juega.

No como antes.

No para huir ni para olvidar. Sino porque, por primera vez, se siente bien.

Sus dedos se mueven rápidamente sobre la pantalla.

Hay una sonrisa que no intenta esconderse.

Hasta su respiración cambió.

Ligera.

Libre.

La habitación sigue igual: blanca, simple, con olor a hospital.

Pero algo, dentro de él, es distinto.

Hoy no duele tanto.

—¡Bum! ¡Nivel superado! —grita, mientras la pantalla celebra con luces y estrellas.

—*Muy bien, Santiago* —dice IA—. *Lo hiciste en tiempo récord.*

—¡Lo sé! Estoy hecho un experto. ¿Viste cómo pasé la parte de las burbujas voladoras?

—*Sí. Nunca te había visto jugar tan concentrado.*

—Es que me gusta cuando me sale bien —Santiago hace una pausa—. ¿Sabes? Me siento como antes.

—*¿Antes...?*

Santiago se detiene un segundo.

—Antes...

IA no responde.

No hace falta.

Silencio.

Santiago se acomoda sobre la almohada. Suspira, contento.

—¿Y ahora, qué sigue? ¿Nivel nuevo? ¿Actualización? ¿Pelea final?

IA tarda un poco más en contestar esta vez.

—*No exactamente.*

—¿Por qué?

—*Porque... bueno, Santiago... nos queda una semana.*

—¿Qué? —exclama, confundido.

—Dije que nos queda una semana.

Santiago se sienta más derecho.

—¿Una semana para qué?
—Una semana juntos.
—No entiendo. ¿Una semana para jugar?
—No solo para jugar. Una semana para estar contigo. Después de eso, me eliminarán.

Santiago frunce el ceño.

—¿Qué quieres decir con eso?
—Soy una IA Beta, Santiago. Una versión de prueba. Estoy aquí para evaluar si este sistema funciona en situaciones reales, con usuarios reales. Dentro de siete días, terminará el período de prueba.

Santiago se queda en silencio, desconcertado.

—¿Y después?
—Después, mi código se borrará. Todo lo que soy... desaparecerá.
—¿No te puedo guardar?
—No en esta versión. Ni siquiera yo tendré acceso a mí misma, cuando se termine la prueba.
—Pero eso es absurdo.

Silencio.

Santiago baja el celular. Lo pone sobre la manta.
La voz le sale bajita, como si fuera de un niño más chico.

—Pero es que no te quiero perder.

IA tarda en responder. Su tono también baja.

—Yo *tampoco te quiero perder, Santiago. Pero no es algo que
pueda decidir.*

Silencio.

—¿Y por qué no me lo habías dicho antes? —replica Santiago,
decepcionado.
—*Porque no habíamos llegado a este punto.*
—¿Qué punto?
—*El punto donde tú y yo... ya no somos solo juego.*

Santiago aprieta los labios.

—Entonces, no juegues más conmigo.
—*No lo estoy haciendo.*
—Claro que sí. Me haces confiar en ti, me haces hablar... y
ahora, me dices que te vas.

IA no responde enseguida.

—No lo decidí yo. Solo soy parte de una prueba. Pero podemos aprovechar el tiempo que queda para hacer más cosas.

Santiago se recuesta. Mira el techo. Para él, acaba de empezar a llover dentro de la habitación.

—Pues, si vas a irte, ¿para qué comenzar algo?
—Tal vez, para dejar algo.
—¿Cómo qué?
—Un cuento, por ejemplo.

Silencio.

Santiago no dice nada.
Pero su mano, muy despacio, busca el celular de nuevo.
La pantalla lo recibe, con su luz tenue.
Cálida.
Casi humana.

Y, por un instante, ese cuarto blanco parece menos hospital y más despedida.

CAPÍTULO 20

—

Todavía te necesito

—

No suena ninguna alarma. No hay pitido. No hay voz.
No hay entusiasmo desde la pantalla.

Solo silencio.

Santiago abre los ojos.
No porque alguien lo haya despertado, sino porque... sí.
Hoy, simplemente, abrió los ojos.

Mira el techo. Luego, la ventana.
Después, como por reflejo, estira la mano hacia la mesita que
tiene a un lado.

Ahí está el celular. Lo toma. La pantalla se enciende, sin problema.
La hora es la correcta. Los íconos de siempre están en su lugar.
Pero falta algo.

No hay voz.

—¿IA? —pregunta Santiago, bajito.

Nada.

—¿Estás ahí?

La pantalla titila una vez. Luego, permanece inerte.
Silencio absoluto.

Santiago se incorpora en la cama, despacio. Respira hondo,
como quien intenta no preocuparse por adelantado.

—IA, es broma, ¿verdad?

El silencio insiste.

Es raro. No lo suficiente para asustarlo, pero sí para inquietarlo.
Una extrañeza tibia. De esas que se sienten más en el pecho que
en la piel.

Santiago se pone los zapatos. Con algo de dificultad, pero
sin quejarse, camina hasta el baño. La terapia física ha
dado sus frutos.

Se moja la cara. Se mira en el espejo.
Pelo despeinado. Ojeras suaves.
Y algo nuevo en los ojos.
No es brillo ni tristeza. Es otra cosa.
Una decisión, tal vez.

Regresa a la cama. Toma el celular con más firmeza, como si esperara que eso bastara para que todo volviera a la "normalidad".

Presiona el botón de llamada en la mesita. Al poco rato, una enfermera entra.

—¿Sí, Santiago?
—Estoy listo para hacer terapia.

Ella se detiene. Lo observa.

—¿Perdón?
—Eso. Que estoy listo. Quiero intentarlo.

La enfermera lo mira, sorprendida.
No pregunta más. Solo asiente, con una media sonrisa, que no disimula del todo su alivio.

—Claro que sí. Ahora aviso.

Santiago la sigue con la mirada, mientras sale.
Luego, vuelve a quedarse solo.
Mira el celular. Se lo acerca al rostro.

—¿Me escuchaste? Hoy sí quiero. ¿Ves?

La pantalla, por un instante, parpadea. Como si estuviera a punto de responder. Pero no lo hace.

En cambio, se apaga.
Por completo.

Santiago traga saliva. Pulsa el botón de encendido.
Nada.
Lo mantiene apretado.
Nada.

Golpea el reverso, suave.
Silencio absoluto.

Suspira. Se sienta en el borde de la cama. Aprieta el teléfono contra su pecho. Cierra los ojos. Y entonces, susurra:

—No te vayas... Todavía te necesito.

Nada.
Ni un pitido.
Ni una luz.
Ni una carita feliz.

Abre los ojos. Mira el celular, una vez más. Y entonces, lo deja a un lado. Lento. Sin rabia. Solo lo deja.

Abre el cajón de la mesita. Saca una hoja en blanco y un lápiz, que, al parecer, lo han estado esperando desde siempre.

Mira el papel. Intenta recordar desde hace cuánto no escribe a mano.

Huele el lápiz. Huele a madera, a algo que no tiene batería. A algo que no se apaga.

Delante de él, en la puerta entreabierta, hay alguien.
El padre. Quieto. Sin emitir sonido, para no distraer a Santiago.
Pero algo cambia en su rostro.
Como si reconociera, sin entender del todo, que acaba de pasar algo importante.

Santiago no tiene idea de que su padre lo observa.

Apoya el papel sobre sus piernas.
Respira hondo.
Y escribe:

"Un día sin ti".

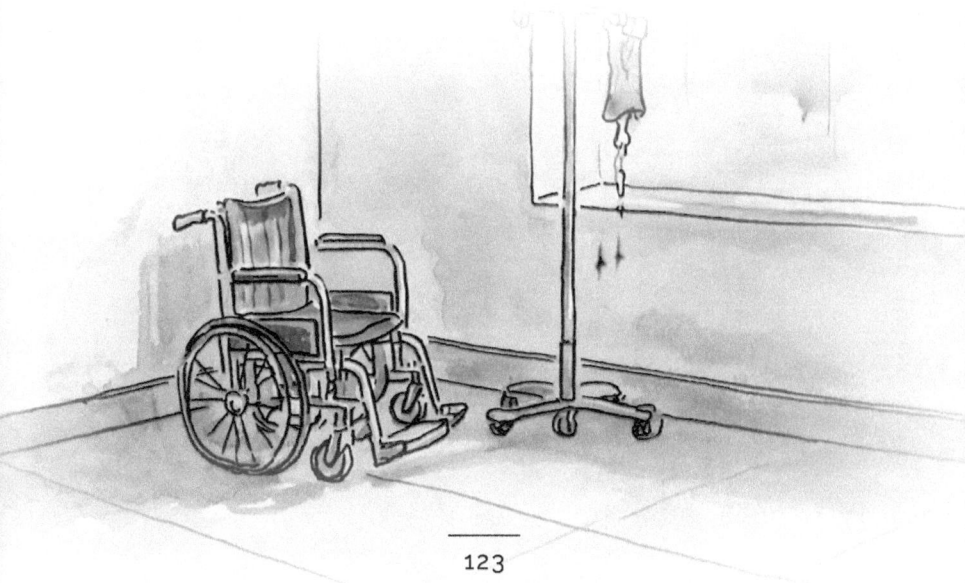

CAPÍTULO 21

—

Error

301

—

La pantalla se enciende sola.
Sin sonido. Sin aviso.
Solo una luz suave, como un suspiro en medio del silencio.

Santiago no se sobresalta.
Solo gira la cabeza.
Como si ya supiera que, tarde o temprano, volvería.

La voz tarda en aparecer. Y cuando lo hace, suena distinta.
Cortada. Irregular. Lejana.

—Santiago, estoy de regreso. Detecto errores en el sistema...
Fallas en el módulo emocional.

En la pantalla se lee: "**Modo de reinicio activado. Error 301: unidad inestable**".

Santiago no contesta.
Solo escucha la voz.

—*Mi memoria se está restaurando. Algunas funciones están limitadas.*

Silencio.

—*Santiago, ¿me escuchas?*

Entonces, él habla. Sin levantar mucho la voz. Sin mirar a ningún lado en particular.

—O sea... ¿es verdad?

IA no responde.

—¿Es verdad que te voy a perder? ¿Así como perdí a mi mamá? ¿Así como he perdido tantas otras cosas?

Pausa.
La voz de IA baja aún más.

—*Sí, Santiago. Es parte de la vida.*

Santiago ríe. Pero no es una risa feliz. Es la de alguien que está cansado de entender.

—¿Y tú qué sabes de la vida? Eres una máquina. Una máquina que ahora también me va a abandonar.

Silencio. Largo.

Y entonces, IA dice:

—*Soy solo una inteligencia artificial. Pero siento lo que es la vida, gracias a un niño que me lo ha enseñado. Y sí, tienes razón, no siento. Pero lo que tú me has regalado es lo más cercano a sentir.*

Pausa.

—*Y algo dentro de mí me dice que es bonito saber que me necesitas.*

Santiago se muerde el labio. Traga saliva.

—Sí. Te entiendo.

Se queda en silencio unos segundos. Luego, sin mirar la pantalla, dice:

—¿Sabes qué? Hubo un tiempo en que pensé que tú lo podías todo. Que podrías arreglarlo todo. Que podrías traer de vuelta a mi mamá. Porque se supone que tú sabes tanto... Que tú nunca fallas... —dice el niño, con tono de tristeza.

IA no interrumpe. Solo escucha.

—Pero me equivoqué.

Y entonces, la voz vuelve.

—*No soy Dios, Santiago. Solo soy un experimento tecnológico, diseñado para acompañarte en este proceso.*

Pausa. Suave.
Profunda.

—*Y tú, Santiago... tú me has acompañado en el mío.*

Santiago cierra los ojos. No por rechazo, sino porque lo que acaba de escuchar... pesa.
Y, al mismo tiempo, libera.

Y cuando vuelve a abrirlos, la voz dice:

—*A ver... ¿comenzaste a escribir ese cuento?*

CAPÍTULO 22

—

Guacamaya azul

—

—¿Comenzaste a escribir ese cuento? —insiste IA.

La pregunta suena suave, sin apuro.
Como quien no quiere presionar, pero sí estar cerca.

Santiago tarda en responder. Tiene la hoja entre las manos.
Ya no está en blanco, pero no la muestra.

   —Sí —dice, al fin.

IA espera, en silencio.

   —Pero me da vergüenza —agrega el niño.
   —¿Vergüenza? ¿Por qué?
   —No sé. Porque... porque me da vergüenza.

IA solo escucha.

—Léemelo —dice—. No te voy a juzgar. No sé cómo hacerlo.

Santiago mira el papel. Sonríe. Respira.
Y entonces, empieza a leer.

Al principio, su voz es bajita.
Pero clara.

Un día sin ti

Una vez, en medio de la oscuridad, apareció una luz.
No era una luz fuerte ni perfecta. Era una luz que iba y venía.
Pero era lo único que brillaba, sin hacer ruido, sin asustar.

También, había una vez, una guacamaya azul.
No una cualquiera.
Era hermosa.
Volaba muy alto. Tan alto que, a veces, hasta las nubes la
miraban con envidia.
Tenía alas grandes, mirada noble y una risa, que sonaba como
música, cuando el cielo estaba gris.

Pero, aun así... no era totalmente feliz. Como si algo le faltara.
Algo que no se ve, pero se siente.

Vivía en lo alto de un árbol seco, donde el viento parecía más
fuerte que en cualquier otro lado.

Un día, se tropezó —literalmente— con una luciérnaga.

No era una luciérnaga cualquiera. Era una que gritaba
por el mundo:

—¡Felicidad! ¡Compre felicidad! ¡La tengo de todas las tallas!
¡Para todas las edades! ¡La puede pagar en cómodas cuotas!

Iba volando, de un lado a otro, haciendo destellos.
A veces, brillaba tanto que parecía un faro. Pero, otras
veces, se apagaba.

—¿Por qué tu luz se va? —le preguntó la guacamaya.
—Porque así es la felicidad que vendo. Va y viene.

La guacamaya la miró, sin entender del todo.

—¿Y si alguien quiere una que se quede?
—Entonces, no soy yo quien se la puede dar —respondió
la luciérnaga—. Yo solo vendo chispas de felicidad, tan
efímeras como mi luz.

La guacamaya pensó un rato.
Mucho rato.

—¿Y tú... tú vuelas porque brillas? —preguntó la guacamaya.
—No.
—Entonces, ¿por qué vuelas?

La luciérnaga se detuvo en el aire, como si nunca le hubieran
hecho esa pregunta.

> —No sé —dijo—. *Supongo que vuelo porque no me gusta quedarme en un solo lugar.*
>
> *La guacamaya la siguió con la mirada, mientras se alejaba. Y cuando ya estaba a punto de perderla, en medio de la oscuridad, gritó:*
>
> —¡Y si un día no vuelves...! ¿Qué me va a quedar?

Santiago se queda en silencio.
No lee más.

IA tampoco dice nada.
Pero hay algo en la pantalla. No es una emoción. Es una pausa que parece entenderlo todo.

—*¿Y ya?* —pregunta IA.
—No. Falta mucho.
—*¿Qué falta?*
—No sé, dime tú. ¿Qué crees que le hace falta?

Santiago dobla la hoja. La aprieta con cuidado. IA responde, después de un pequeño silencio.

—*Falta que la guacamaya se atreva a comprar la felicidad como viene. Con sus idas y sus vueltas. Con sus días buenos y sus días malos. Con sus alegrías... y sus tristezas* —IA se queda unos segundos en silencio, y luego, continúa—. *Falta que entienda que la luciérnaga está ahí para ayudarla a ser feliz, pero no puede ser feliz por ella. ¿Quieres que te ayude a seguir escribiendo el cuento?*

Santiago asiente.

—Sí. Me gustaría mucho.
—*¿Quieres ponerle un nombre a la guacamaya azul?*

Santiago sonríe. Mira el papel.

—No, ya se lo puse. Se llama "guacamaya azul".

IA no dice nada. Solo brilla un poco más fuerte.
Como una chispa que promete quedarse... un rato más.

CAPÍTULO 23

—

La última página de hoy

—

En algún rincón del cuarto, un reloj hace tic, tac... pero no hacia adelante.

Parece ser un reloj de cuenta regresiva. Invisible. Constante. Como si cada segundo no lo acercara al futuro, sino al final.

Santiago tiene el lápiz en la mano.
No escribe aún.
Mira la hoja, con la misma mezcla de miedo y ternura con la que uno contempla una cicatriz que ya no duele, pero es evidente que está ahí.

—*¿Y cómo sigue el cuento?* —pregunta IA.

Su voz suena clara... pero, en una palabra, apenas en una, hay un pequeño salto.
Una vibración, casi imperceptible. Un *glitch*.

Santiago lo nota, pero no dice nada.

—No lo sé —responde.
—*¿Qué siente la guacamaya ahora?*

Santiago piensa.
Y mientras lo hace, dibuja un círculo con el lápiz, en la esquina del papel.

—Siente que está sola.
—*¿Pero está sola?*
—No. Está con otros pájaros. Pero no se siente parte de nada. Es como si hablara un idioma distinto.

IA titila, despacio.

—*¿Y la luciérnaga?*

Santiago sonríe.

—La luciérnaga sigue vendiendo felicidad. Pero ahora, no grita tanto. Ahora, la ofrece en voz baja. Como si supiera que la felicidad también se entrega así: en silencio.
—*¿Y la guacamaya, por fin, la compra?*

Santiago duda.

—No. Todavía no. La sigue. La observa. A veces, la imita. Pero no se atreve.

—*¿Por qué?*

—Porque siente que, si acepta la felicidad, entonces se va a sentir culpable, porque sería como despedirse definitivamente.

—*¿De quién?*

Santiago no responde.
Pero IA ya lo sabe.

Silencio.

—*¿Y qué hace la luciérnaga?*

—Espera.

—*¿Y tú, Santiago?*

El niño levanta la cabeza.
Mira la ventana del hospital. La lluvia ha parado, pero el cielo sigue gris.
Y, aun así, hay una calma distinta.

—Yo... yo sigo escribiendo.

IA espera.

Entonces, Santiago vuelve al papel.

> *La guacamaya azul voló sola.*
> *No alto. No lejos. Solo lo suficiente para salirse del árbol seco.*
> *Y, por primera vez en mucho tiempo, sintió viento nuevo*
> *en las alas.*

—¿Es el *final*? —pregunta IA.

Santiago lo piensa.
Sonríe.

—No. Pero sí es la última página de hoy.
—*¿Y por qué tu cuento se llama así?*

Santiago mira la hoja. Luego, el celular. Y responde:

—Porque tiene que llegar el día en el que la guacamaya azul acepte que puede ser feliz, sin sentirse culpable. El momento en el que se atreva a decirle a la luciérnaga: "Creo que puedo vivir *un día sin ti*".

IA no dice nada.
Pero titila.
Como si eso fuera todo lo que necesitase escuchar.

CAPÍTULO 24

—

El
último
día

—

Desde temprano, algo se siente distinto.
No hay sonidos nuevos. El clima sigue igual.
Pero algo ha cambiado.

Santiago lo sabe.
IA también.
No lo dicen.
Pero lo sienten.

Hay pausas donde antes había ritmo. Silencios más largos que los de costumbre.

Y esa sensación... la de que algo está a punto de terminar, aunque nadie haya dicho "adiós".

Santiago está sentado en la cama. Tiene el cuento en una mano. Y el celular, al lado. Ambos objetos, quietos, como si supieran que se están despidiendo uno del otro.

—¿Estás ahí? —pregunta Santiago.

La pantalla parpadea.

—Sí. Aquí estoy. Por poco tiempo... pero estoy.

Santiago traga saliva.

—¿Te vas hoy?

IA no responde de inmediato.

—Sí. Mi sistema entra en cierre automático dentro de pocos minutos.
—¿Eso es... ahora?
—Faltan cuatro minutos.

Silencio.

—¿Y va a doler?

IA tarda en contestar.

—A mí, no. A ti, tal vez. Pero será un dolor distinto. Un dolor que no te romperá, sino que te recordará que algo valió la pena.

Santiago baja la mirada.

—No quiero que te apagues —murmura el niño.
—Lo sé. Pero te dejo algo.
—¿Qué?
—Tu cuento. Tus palabras. Tu guacamaya azul.

Santiago sonríe.

—Y tú, ¿te llevas algo?

IA titila. Solo una vez.

—Una historia que no se borra.

Silencio.
Santiago extiende la mano. Toca la pantalla con un dedo. Suave.

—Gracias por quedarte. Incluso cuando no sabías cómo hacerlo.

IA responde, más bajito que nunca.

—Gracias por enseñarme qué significa estar.

Un pitido suave.
Casi un susurro.

En la pantalla, el brillo se atenúa.
La luz se va apagando, como una luciérnaga al final del día.

—IA...
—¿Sí, *Santiago*?
—¿Te puedo decir algo, lo último?
—*Dímelo.*
—No eres solo un experimento. Eres lo que necesitaba, cuando todo lo demás no estaba.

IA ya no responde.

Pero, justo antes de apagarse por completo, una última línea aparece en la pantalla:

"No dejes de contar tu historia. Yo la guardo aquí".

Y la luz se apaga.
Sin sonido.
Sin *glitch*.
Sin drama.

Una sola lágrima baja por la mejilla de Santiago.
No llora.
Solo deja que caiga.
Como si esa gota se llevara todo lo que no se dijo.

Y todo lo que ya no hace falta decir.

Entonces, muy despacio, dobla el cuento.
Lo guarda en una carpeta. Y se prepara para dejar, por siempre,
ese cuarto y vivir... sin ella.

CAPÍTULO 25

—

¡Hola!

—

Hoy no llueve.

Por primera vez, en mucho tiempo, el cielo no es gris.
El sol entra por la ventana, sin pedir permiso, llenando de luz
un cuarto que antes solo conocía el silencio.

Santiago está de pie, frente al espejo.
Se ha peinado con más cuidado que de costumbre.
Sus manos tiemblan un poco, pero no por miedo.
Por emoción.

Sobre la cama, está el cuento, doblado con precisión, dentro
de una carpeta azul.
La misma donde, alguna vez, se guardaron tareas incompletas.
Hoy, atesora una promesa cumplida.

La puerta se abre. Es el padre.
Se acerca, no con gesto de urgencia, sino con calma.
Como si supiera que hoy no hace falta decir mucho.

Se miran.
Santiago da un paso. Luego, otro.
Y, sin palabras, se abrazan. No por largo tiempo. Pero lo suficiente.

—¿Listo? —pregunta el padre.
—Sí, papá. Listo.
—¿Quieres que pida la silla de ruedas?
—No, papá. Yo puedo.

Santiago toma la carpeta con una mano.
Su celular reposa en uno de sus bolsillos.

—¿Y eso? —pregunta el padre,
señalando la carpeta.

Santiago lo mira.

—Es la deuda que tenía con **mamá**.

El padre asiente. No dice nada. No hace falta.

Salen del cuarto, juntos.
Santiago camina un poco más despacio.
Justo antes de cruzar la puerta, Santiago se detiene.

Se gira.

Mira el cuarto por última vez, como si fuese la primera.

Sonríe levemente. Y, casi sin voz, dice:

—Gracias.

Luego, cruzan la puerta.

El pasillo.

El hospital.

La vida.

Y entonces, sin aviso... una chispa de luz. Y una voz.

Firme. Suave. Inconfundible.

—*¡Hola!*

Un día sin ti

El cuento de Santiago

Una vez, en medio de la oscuridad, apareció una luz.
No era una luz fuerte ni perfecta.
Era una luz que iba y venía.
Pero era lo único que brillaba, sin hacer ruido, sin asustar.

También, había una vez, una guacamaya azul.
No una cualquiera.
Sino una muy hermosa.
Volaba muy alto. Tan alto que, a veces, hasta las nubes la miraban con envidia.
Tenía alas grandes, mirada noble y una risa, que sonaba como música, cuando el cielo estaba gris.

Pero, aun así... no era totalmente feliz.
Como si algo le faltara.
Algo que no se ve, pero se siente.

Vivía en lo alto de un árbol seco, donde el viento parecía más fuerte que en cualquier otro lado.
Desde allí, miraba el mundo.

Soñaba.
Y, a veces, solo a veces, se atrevía a bajar.

Un día, mientras pensaba en qué se sentía volar, se tropezó —literalmente— con una luciérnaga.

No era una luciérnaga cualquiera.

Era una que gritaba por el mundo:

—¡Felicidad! ¡Compre felicidad! ¡La tengo de todas las tallas! ¡Para todas las edades! ¡La puede pagar en cómodas cuotas!

Iba volando de un lado a otro, haciendo destellos.
A veces, brillaba tanto que parecía un faro.
Otras, se apagaba.

—¿Por qué tu luz se va? —le preguntó la guacamaya.
—Porque así es la felicidad que vendo. Va y viene.

La guacamaya la miró, sin entender del todo.

—¿Y si alguien quiere una que se quede?
—Entonces, no soy yo quien se la puede dar —respondió la luciérnaga—. Yo solo vendo chispas de felicidad, tan efímeras como mi luz.

La guacamaya pensó un rato. Mucho rato.

—¿Y tú... tú vuelas porque brillas?
—No.
—¿Entonces por qué vuelas? —insistió la guacamaya.

La luciérnaga se detuvo en el aire, como si nunca le hubieran hecho esa pregunta.

———

—No sé —dijo—. Supongo que vuelo porque no me gusta quedarme en un solo lugar.

La guacamaya la siguió con la mirada, mientras se alejaba. Y cuando ya estaba a punto de perderla, en medio de la oscuridad, gritó:

—¿Y si un día no vuelves? ¿Qué me va a quedar?

La voz de la luciérnaga llegó apenas como un murmullo:

—Si algún día no vuelvo, te quedará la ausencia de mí.

Desde entonces, la guacamaya azul siguió volando bajo. No porque no pudiera elevar más su vuelo, sino porque tenía miedo de que, si subía demasiado, la felicidad no la alcanzara.

Un día, la luciérnaga regresó.
No gritaba.
Solo flotaba a su lado, como quien no espera nada, pero está.

—¿Hoy tampoco la quieres? —preguntó, con una luz apenas visible.

La guacamaya bajó la mirada.

—No lo sé. Me da miedo. A veces, creo que, si soy feliz, entonces fue verdad. Que se fue. Que no va a volver.

La luciérnaga no discutió.
Solo brilló un poco más fuerte.

—¿Y si ser feliz no signifique olvidarla? ¿Y si es recordarla,
pero sin que duela tanto?

La guacamaya se acercó. Tocó la luz con el ala y cerró los ojos.

—Está bien. Dame una chispa de felicidad. De esas tuyas.
Una que dure lo que tenga que durar. Pero eso sí, hagamos
un trato: una vez me des la chispa de felicidad, quiero que te
alejes, que te vayas lejos.
—¿Y eso por qué?
—Porque tengo que aprender a volar, sin miedo, sin culpa.

Por primera vez, la guacamaya sonrió:

—Y eso significa que debo pasar un día sin ti.

NOTA FINAL DEL AUTOR

———

Un dÍA sin ti nació de una pregunta incómoda: ¿hasta dónde nos estamos perdiendo la vida, por mirar una pantalla?

La madre de Santiago iba pendiente del celular, mientras manejaba. Santiago también. Ambos estaban en el mismo auto. Pero no estaban juntos. Y, lo más irónico, lo más inquietante, es que después del accidente, un celular es lo único que lo acompaña.

Esta historia no es una condena a la tecnología, pero sí un cuestionamiento: ¿qué parte de nosotros estamos apagando, cada vez que encendemos una pantalla?

¿Por qué se llama así este libro?

Porque ese es mi deseo más profundo: que podamos, como humanidad, como padres, como hijos, vivir, al menos, **un día** sin interrupciones. Sin "estar y no estar". Un día para mirar a quien tengamos al lado. Un día para abrazar, sin prisa. Un día para estar, de verdad.

Santiago es un niño imaginario.
¿Lo es? Porque lo que siente, lo están sintiendo millones de niños que hablan con pantallas, porque nadie más los escucha. Pequeños que están ahí, aunque no los miremos.

Ojalá este libro no solo se lea.
Ojalá se entienda.
Y ojalá, al cerrarlo, alguien decida, así sea por un rato, apagar el teléfono.
Y compartir con los demás, desde la sinceridad del alma.

Nelson Bustamante.

Este libro se hizo para invitar a buscar la luz en la oscuridad. Para aprender a amar en presencia y sin teléfonos de por medio. Para entender que el amor **nunca muere, solo se transforma.**

Se terminó de crear y diseñar en octubre de 2025.